이런 젠장 이런 것도 시가 되네

황금알 시인선 229
이런 젠장 이런 것도 시가 되네

초판발행일 | 2021년 6월 30일

지은이 | 이동재
펴낸곳 | 도서출판 황금알
펴낸이 | 金永馥
선정위원 | 김영승 · 마종기 · 유안진 · 이수익
주간 | 김영탁
편집실장 | 조경숙
표지디자인 | 칼라박스
주소 | 03088 서울시 종로구 이화장2길 29-3, 104호(동숭동)
전화 | 02)2275-9171
팩스 | 02)2275-9172
이메일 | tibet21@hanmail.net
홈페이지 | http://goldegg21.com
출판등록 | 2003년 03월 26일(제300-2003-230호)

이런 젠장 이런 것도 시가 되네

이동재 시집

황금알

무턱대고 괜히 잘 쓸 뻔했다.

바늘을 도끼처럼 휘두르며 대책 없이 살아왔다.

— 한국시의 말초신경 **당거**螳拒 이동재

차 례

시인을 위한 변명犬辯

지금부터 견자전지적犬者全知的시점으로 말할게
솔직히 넌 너무 늦게 일어나더라
열 시 열두 시 오후 한 시 두 시 대중없더라
구십 넘은 노모가 새벽같이 일어나
아침밥 하는데 넌 사람 새끼가 그 뭐냐
물론 요즘 세상에 누가 부모를 모시고
그 나이 되도록 살겠냐만
현대판 고려장이라고 양로원이나 요양병원
안 보내고 있는 것만으로도 가상하다만
그래도 그렇지 너무 하는 거 아냐
허구한 날 아버지 병원 어머니 병원
쌍으로 난리라 너도 물론 힘들겠지
하루에도 수십 번
효자모드에서 개새끼모드로
개새끼모드에서 효자모드로
왔다 갔다 하는 거 나도 알아, 그래도
어떨 때 보면 넌 영 우리 쪽에 가깝더라
도라지 먹고 돌았냐
미나리 먹고 미쳤냐

너무 왔다 갔다 하지 마
네가 알고 내가 보고 매화나무도 안다
내가 정말 견자전지적시점으로 말 하건데
네가 하늘이 낸 효자일지도 모르지만
시시때때로 넌 정말 개 같더라
개 좆 같더라 동포여

이런 젠장, 어머니

이런 젠장
막내아들 교수 만들고 큰 소리 좀 치려 했는데
교수 되자마자 해직되고
이런 젠장
며느리 앞에 기 좀 펴나 했는데
이런 젠장
염치없어 기도 못 펴고
이런 젠장
짜장면 하나도 입에 들어가는 거 죄스러워
이런 젠장
집 한편 구석에 찌그러져 구십 평생
이런 젠장
조상님 뵐 면목 없어 일찍 세상도 못 뜨고
이런 젠장
널 낳고 내가 미역국도 못 먹었다
이런 젠장
뭔 놈의 세상이 이 모양이냐
이런 젠장 할

취중작시

　어제 저녁 포지션 송년회 가다가 학림다방 앞에서 김영탁 형을 만나 태환이 형 시와표현 작품상 수상 소식을 듣고 문화예술위원회 창윤이 형과 셋이서 함춘회관에 갔더니 앉을 자리도 없어서 그냥 뒤돌아 나와 빈대떡 신사로 갔지 거기서 앉자마자 김민서 시인 정산 형과 막걸리를 홀짝이다 보니 술이 꽤 됐는데 화장실 간 사이에 자리를 빼앗기고 창윤이 형도 자리가 어색한지 딴 데로 가자 해서 삼쿡인지 뭔지 하는 맥줏집에서 흑맥주 서너 잔 마시다가 핸드폰 가방 찾으러 왔다 갔다 하는데 2차 간 태환이 형 쪽에서 전화가 걸려와 다시 그리로 가서 술 몇 잔 마신 것까지 기억이 나는데 깨보니 파주 집이고 이튿날 보니 무릎도 깨지고 쑤시고 집까지는 어찌 왔을꼬 창윤이 형이 부모님 가져다드리라고 사준 빵 봉지는 또 어디로 가고 내 기억에 없으니 아무 일 없던 건가 솔찬히 거시기하네

서울 나들이

우리 집 마당 풀밭에는 소가 대여섯 마리 말이 세 마리 염소가 다섯 마리 낙타가 네 마리 당나귀가 여덟 마리 있는데 몇 년 전에 제천 원서헌 마당에서 풀 뜯고 있던 당다귀를 거기 시인 몰래 코 꿰어 우리 집 마당에 풀어 놨더니 그새 다양한 새끼들을 그렇게나 많이 낳은 건데 마당에서 풀 뜯고 있는 쌍봉낙타 한 마리를 잡아타고 가끔은 소도 타고 중간에서 말로 갈아타고 읍내 가서 버스 타고 구파발쯤 가서 전철 타고 시내로 나갔다가 밤새 취해서 택시 타고 집 마당까지 들어오느라 타고 갔던 낙타나 말들이 자꾸 줄어드는데 그래도 다시 그 당나귀가 새끼를 자꾸 낳아서 우리 집 마당엔 늘 소 낙타 말 염소 당나귀가 득실거리고 나는 잊을 만하면 다시 낙타 타고 말타고 가끔은 소까지 잡아타고 서울 나가고 정신 잃고 다시 그 몹쓸 택시 타고 마당까지 오느라 낙타며 말이며 소를 또 잃어버리고 그래도 마누라는 도망도 안 가고

대학생 면접

국정교과서나 조선일보를 읽고 있는 기분

낚싯줄과 바늘

꿈속에서 붕어를 잡는다며 큰 누이는
주먹만 한 낚싯바늘을 만지작거리고
그런 거로는 안 된다며
나는 붕어 낚싯바늘을 사러 가게에 갔는데
웬 아이가 앉아서 바늘 세 개를 삼십 원에 내밀고
낚싯줄을 달라니까 한 뭉치에 삼만 원이라고 하고
나는 10미터만 달라고 하고 삼천 원밖에 없다고 하고
아이와 아이의 아버지는 그렇게는 안 된다 하고
할 수 없이 바늘만 가지고 집에 돌아오니
동네 사람들이 연못에서 낚시를 하고 있고
나는 줄이 없어서 낚시를 매지 못하고
그놈의 줄이 없어서 낚시를 못 하고
아버지 고아드릴 붕어를 잡아야 하는데
줄이 없어서 줄이 없어서 발만 동동 구르고
낚싯바늘 세 개뿐 깨고 나서도 줄이 없고
그놈의 줄이 없고

동네 술자리 조감도

술자리 시작할 땐
환갑 다 돼가도록 장가도 못 간 상현인 바보로 시작해서
이장 새마을지도자 강 사장 화가 S씨 호기롭게 으쓱

인간아 또 술이냐
보일러 기름 떨어졌는데 뭐하고 자빠졌어
으이구 저 웬수
빨리 안 와
연이은 호출 닦달

술자리 끝날 때쯤이면
처 아내 부인 마누라 여편네 없는
상현아 니가 최고

오늘도 니들 다 의문의 완패다

서울 골목 화석

— 종로장 여관 화재(2018. 1. 8. 03시 8분)

중식당 배달원 유ㅁ(50)씨
성매매 여성 불러 달라고 했으나 거절당하자
휘발유 10리터를 사서 여관에 불 질러
투숙객 6명 사망
전남 장흥에서 방학을 맞아 서울 구경을 하러 온 모녀 3명도 사망
어머니 박ㅁ(34) 딸 두 딸 이ㅁ(14)(11)씨 등

소방차가 들어갈 수 없는 냄새나는 좁은 골목
다닥다닥 붙은 건물
얽히고설킨 전선
닫힌 비상구
1960년대 이후 누군가는 그 골목을 나와
강남으로 아메리카로 차이나로 갔지만
누군가는 아직 그 골목에 남아
또 굳이 그 골목으로 걸어 들어가서 재가 되고
고고학적 지층이 수평적으로 널려 있는 서울
역사는 아니
세월은 때론
수직적 지층이 아닌

수평적 지층으로 발굴이 아닌 발견을 기다리고
고고학적 지층의 수평적 현시, 서울.

개 산책

세상은 온통 냄새로 가득하다
코 두 개로도 모자라
온갖 벌레들의 발 냄새 방귀 냄새
식물들의 겨드랑이와 자궁 냄새
도저히 코를 뗄 수가 없다
난 오늘도 땅의 동서남북
위아래 샅샅이 스캔하느라 분주하지

너 따라가면 결국엔 똥 나오더라

시인의 술자리

김 이 박, 남자 시인 셋이서
양꼬치를 안주로 술을 마시다가
이 김 형! 거, 양하고 해봤어?
김 으--음, 박 양이나 김 양하고는 해봤지.
박 이 사람들 큰일 날 소리 하네,
당신들도 유명해지려고 그래,
그 노털상 후보처럼?
김 그래, 우린 역시 양보다는 질이지!
이 박 — !!

Me Too/With You
— 나도 가해자다

수컷이라서 매일 죄송하다
'폭력'자 앞에 '성'자 하나 붙으면
머리가 복잡해지고 추해진다
수작 그러니까 성희롱과 연애
화간과 강간 사이의 그 멀고도
가까운 거리를 매번 섬세하게 가늠할 수도 없다

때와 장소를 가리지 않고 돌아가는 꼴을 보고 있으면
남녀칠세부동석 시대로 돌아가든가
양성제도나 분류를 포기하는 게 정답이 아닐까 싶다
이건 진화의 재앙이야 그러니까
진화의 시계를 거꾸로 돌려서 무성생식을 하든가
진화를 앞당겨 아예 AI로 가자구
설마 인공지능에도 성적 구분이 있고
성욕이 있을까
진정한 성해방은 성 해탈 아닌가

좆나게 다들 꼴불견이다
좆 안 나게 그때까지 거세가 정답이다

사마천 당신이 정답이었어
지위고하 세대를 불문하고 단순한 수컷이라서
불알을 달고 나와서 오늘도 그저
좆나게 미안하다

삼지연 관현악단 2018 강릉공연

우리 민족의 축제 평창겨울철올림픽
축하공연차 왔다네
반갑습네다
자본주의의 퇴폐적 미학 좀 배우라는
지시가 언제 있었을까
원치 않는 밤무대에 끌려 나온 듯 수줍은
부르는 노래가 그래서일까
가요무대와 7080 사이를 오락가락
남한의 70년대 80년대 초반의 정서와
무대 분위기 연민과 안타까움을 넘어
우리도 알 거 다 알고
할 거 다 한다는 듯
자신들이 선곡한 세계 명곡을 지나
국토의 남과 북 동과 서를 아우르다
잘 가시라 다시 만나요
잘 있으라 다시 만나요
눈물 속 빼게 하는 에미나이들
그래 결국, 오늘도 우리는 하나지.
(2018/2/9)

생활의 발견
— 장수시대

어떤 사람과 오십 년 넘게 한 집구석에서 부딪히고 말을 섞는다는 거 어느 순간 콩으로 메주를 쑨다고 해도 믿고 싶지 않고 수십억을 물려준다고 해도 듣기 싫고 무슨 말을 해도 넌더리가 나고 화가 나고 한 둥지에서 백세를 바라보고 부자가 함께 늙어간다는 거 하루에도 골백번 축복이었다가 저주였다가 네안데르탈인도 에렉투스도 사피엔스도 수만 년 동안 경험해보지 못한 인류 최후의 축복이자 저주 유교의 효는 악마의 경전이거나 백세시대를 살아보지 못한 한 집에서 삼대가 사대가 늙어가는 걸 경험해보지 못한 겨우 삼사십 년 살다간 인간들의 목가적인 주문일 뿐 무기력하게 태어나 무기력하게 늙어가며 외양간의 소가 돼간다는 거 누구의 어떤 말도 듣기 싫다는 거 그냥 화가 난다는 거

다시 Me Too/With You
— 한국문학사의 새 좌표, 고은을 위한 변명

그에게도 문제가 없는 것은 아니겠지만
친일부역자
군부독재부역자
짓궂은 술꾼들마저 빼고 나면
한국문학사에 남는 건 뭔가
좌고우면 몸 사리며 고만고만하게
끼적거린 시들이 그대들이
새 시대 윤리의 잣대라도 된다는 말인지
소심함과 비겁함이
더군다나 기회주의적인 인간들이
윤리와 양심의 이름으로 마녀사냥이라도 하자는 건가
남의 몸이나 성기를 허락도 없이 만지는 건 문제라 치자
자기 성기를 주물럭거리는 건
어디까지가 문제인지 몰라서 하는 말인데
누구 식으로 말하자면 니들은 언제 한번
솔직히 대놓고
뜨거웠던 적이나 있었냐
그가 생사를 넘나들며 민주주의를 외칠 때
우리의 손은 그리고 성기는 어디를 헤매고 있었는지

흥부자의 흥타령까지 너도나도 추악한 성추행으로
기어이 몰아가야 속이 시원하겠나 그래
그가 한낮 상습적인 성추행범이었다고 치자
그리고 남은 우리는, 시는 또 뭔가
특활비다 판공비다 접대비다 법인카드 긁어대며
2차 3차 룸싸롱 싸돌아다니며
주무르고 박아 댄 **오빠 형님 남편 아버지** 들은
본처에 수 명의 첩에다가 기생질까지 해댄
조선의 저 남자들은 또 뭔가
100여 년 전이나 30여 년 전이나
이 땅의 근대가 어떤 것이었나를 안다면
그 모든 걸 긍정적으로 보자는 건 아니지만
그에게도 문제가 없는 건 **절대** 아니겠지만
상습적 기회주의자들이여/**힘들다**.

시를 위한 연금술

우수 지나
마당에 화덕을 펴놓고
지난가을부터 겨울까지 잘라놓은
사과나무 매화나무 살구나무
복분자 앵두나무 무궁화 쥐똥나무
소나무 오가피 엄나무 대추나무
얼어 죽은 모란과 포도나무
뒷산에서 주어온 자작나무를 뒤섞어 태운다

내가 밤새 날을 덥혀서
기적같이 봄은 또 오리

경칩 지나
마당에 화덕을 펴놓고
지난가을부터 겨울까지 잘라놓은
사과나무 매화나무 살구나무
복분자 앵두나무 무궁화 쥐똥나무
소나무 오가피 엄나무 대추나무
얼어 죽은 모란과 포도나무

뒷산에서 주어온 자작나무에 보리수를 뒤섞어 태운다

온갖 나무를 뒤섞어 밤새 불을 피우면
불꽃처럼 봄꽃이 더욱 만발하리

근무일지

내가 시집이나 소설집을 낸다는 건
언감생심 베스트셀러는 고사하고
하찮은 상업적 유통도 아니고
사소한 국가기록물을 생산하는 일
꾸역꾸역 아무도 보지 않는
시집을 내고 소설집을 내는 건
그냥 이 세상 근무일지 같은 거

봄날

매화나무 잔가지에
참새 떼가 앉았다 날아갔다
꽃망울이 폈다 졌다

대작 對酌

혼자 마시기 아까워
매화나무에 먼저 한 잔 줬다
얼마 후 매화가 좌우로 흔들리면서 폈다

혼자 마시기 미안해
살구나무에도 또 한 잔 뿌렸다
다시 얼마 후 살구꽃이 흐드러지게 피었다

혼자 마시기 영 거시기해
개 밥그릇에도 한 잔 가득 따라줬다
밥그릇을 핥자마자 아무나 보고 짖었다

이 모든 걸
기우뚱한 반달이 보고 있었다

장수시대

하루에도 골백번
양아치모드에서 효자모드로
잡년모드에서 효부모드로

아버님 어머님
오래오래 사셔요

하루에도 또 수백 번
효자모드에서 양아치모드로
효부모드에서 잡년모드로

꼰대들이 쓸데없이
목숨만 길어져서 뭐해

찰나

옆자리에 아내를 태우고
강화도에서 돌아오는 길
김포 어디쯤 신호를 기다리다가
순간 눈에 들어오는
저건 뭐지 싶은 간판 하나
'동재첩마을'
착하게 살다 보니 세상 이런 식으로 보상해주나
누군가는 가슴이 철렁
분노 게이지가 치솟고
또 누군가는 감격 감동 황홀
아득해지려는 찰나
신호가 바뀌고 차가 움직이자
전봇대에 가렸던 앞글자 하나
'하'
2~3초, 순간적으로 스쳐 간 내 마음의 영지

먹이사슬

아 이 늙은이가
내가 아버지께 신경질을 내면
이 멍충아
아버지는 어머니께 구박을 하고
이 잡놈의 개새끼
어머니는 개 밤톨이에게
구박을 하고
밤톨이는 고양이를 보고 으르렁거리고
고양이는 쥐를 쥐 잡듯 하고
쥐는 또 우리 집 대들보 밑에 구멍을 죽어라 파고
아이구 이러다 우리 집 망하겠다
아 이것들이 정말

창만리, 2018년 봄

4/10 어제는 마당에서 나비 한 마리를 목격했고 오늘은 세 마리가 허우적거리듯 유영하는 걸 2분쯤 바라봤다 11시가 조금 넘은 시간이었다 나비는 한곳에 오래 머물지 않는다 간간이 바람이 세게 불어 파라솔과 나무들을 뒤흔들었다 봄은 그냥 오는 것이 아니라 흔들리면서 온다 나무는 전후좌우로 흔들려서 바람의 방향을 가늠하기 어려웠다 어느 시인의 말대로 꽃도 나무도 흔들리면서 피고 흔들리면서 진다

4/11 오후 2시 15분 보리수 가지에 참새 다섯 마리가 앉아 있었다 집 우측 매화나무 꽃 지고 좌측 매화가 만개했다 데크 앞 뿌려놓은 해바라기 싹이 올라왔다 그저께 내린 진눈깨비에 며칠 전 심어놓은 다래나무 싹이 얼어 죽었다 오후 4시 44분 곤줄박이 한 마리가 엄나무 쪽에서 마당 입구 매화나무 쪽으로 날았다 풍향은 잠시 남서풍 이 마을에서 겨울은 느리게 가고 봄은 추춤거리며 온다

4/12 고향 동창 황순길 모친상 강화참사랑장례식장 엊그제도 다녀온 그 장례식장

4/14 옆집 아줌마 일 년 전 꾼 돈 이십만 원 오늘도 못

갚겠다고 문자질 돈 없다면서 비싼 가구들 싸그리 교체
하느라 분주한 듯

　4/15 마당 입구 청매실 매화꽃 174송이 겨우겨우 핌
삼 분의 이는 만개 삼 분의 일은 반개 우리집 개 밤톨이
동네 떠돌이 고양이 보고 밤새 짖음

　4/16 새벽 3시쯤 일어나 복숭아나무에 시비

문제부모

옛날의 부모들은
자식들이 미처 다 크기도 전에
죽어서 문제였고
지금의 부모들은
자식들이 다 늙어가는데도 불구하고
두 눈 멀쩡히 뜨고
살아 있어서 문제

인간혁명

젊어선
자식 걱정
늙어선
부모 걱정
걱정
걱정
그놈의 걱정

탈인간혁명
AI가 이세돌을 이긴 해

우스운 사람은 없다

북핵이 무섭냐
니가 더 무섭냐
너나 내 몸 안에 7×10의 18승 joule의 에너지가 있다
는데
수소폭탄 30개 분량의 에너지가 있다는데
알고 보면 너나 나나 얼마나 파워플한 사람들인데
세상 뭐가 무섭다고

쌍불

내가 마당에 조그맣게 불을 피우면
큰불 심상현 형은 항상 나보다 큰불을 때시고
내가 화덕에 겨우겨우 불을 피워서
고구마라도 구울랍시면
대불 심상현 씨는 대범하게 드럼통에
큰불을 피시고
조건 없이 매일 그냥 군불을 때시고

초고령 사회

한 지붕 아래 동거도 지겹고
별거도 못 할 일
이 하늘 아래
이 행성 위에서
부모와 자식이 같이 늙어가는 일
이젠 정말 못 할 짓이다
인간 생태계를 망치는 일이다
죽어야 할 때 죽지도 않으니
살아야 할 때 살지도 못하고
온종일 탄식으로 인해
미세먼지 가득한 지구
다시 탄소량만 늘어나고
제대로 살지 못한 자
제대로 죽지도 못하니

회장님 오신 날

부처님은 일 년에 하루를
예수님도 연말에 하루를
쉬게 해주시고
하나님은 일주일에 한 번은
꼬박꼬박 쉬게 해주시나
회장님은 어느 날 갑자기
365일 내내
집에서 쉬게 해주신다
기쁘다 우리 회장 오셨네!

자살나무

동여맨 장미나무 가지가 말라 죽었다
잘 자라던 무궁화나무 하나가
어느 날 옆 나무들을 곁눈질하더니
알아서 싹을 틔우지 않는다
나무도 안다 자기가 설 자리를

미술 감정鑑定

이건 내가 그린 그림이 아니다
그건 네가 그린 그림이 맞다

이건 내가 그린 그림이다
그건 네가 그린 그림이 아니다

백석을 그리며

일제식민지 시기를
경성 함흥 만주의 신경 단동
분단 시대를
조선민주주의인민공화국
평양과 삼수에서
보낸 시인
결혼을 적어도 네 차례
기생 자야와의 동거와 연애도
진하게 한 시인
한때는 기자 교사 세관원 말단공무원
농부 양치기 목자로서 산 사람
자야도 가고
그녀가 하던 술집도 문 닫고
나 오늘 그 사람을 위해
홀로 술 한잔한다
우린 모두 당신처럼 살다 간다
가난하고 외롭고 높고 쓸쓸하게
서러워 말라
대한민국의 시인이여

단발斷髮

막내 누이 새로 산 가위 시험 삼아
백발 미수米壽의 어머니
쪽졌던 머리를 평생 처음 자른다

풀어헤친 머리 싹둑 짧게 잘라
올려붙이고, 누이 하는 말

어때요, 엄마 예쁘죠?

평생이 한량이었던
다 죽어가던 아흔네 살의 그녀 남편
겨우 일어나, 순식간에 하는 말

연안읍 남 갈보* 같구료!

* 일제 말기에서 6 · 25 발발 직전까지 황해도 연안 및 경기 북부 개성 인근
  지역에선 웬만한 한량이라면 알 만한, '남 갈보'라는 미모의 전설적인 갈
  보가 있었던 모양이다. 칠십여 년의 세월도, 삼팔선 · 휴전선 이쪽저쪽도
  삽시간에 훌쩍 뛰어넘는, 시공을 초월한 바람둥이들의 놀라운 무의식적
  기억력. 바람둥이들에겐 시간이 가지 않는 모양이다.(2018/6/4)

한국 고대사 읽기
— 내 마음속 동북공정 혹은 임나일본부

어제는 만리장성에서 짜장면을 먹고
오늘은 북경반점에서 짬뽕을 먹었지
만리장성이 면발처럼 길게
압록강을 건너 평양을 지나 한양까지
이어져 있었다는 말은 거짓이 아니었나 봐

왕 서방도 쎄쎄
나카무라 상도 아리가토
이랏사이마세

저녁엔 역삼 란수사나 청담 이자카야마코토쯤에서
스시에 쿠보다만쥬나 준마이 긴죠를 마시는 사람들을
바라보며
난 오뎅에 싸구려 사케를 마시지
다나까 상은 옛날부터 낙동강을 거슬러 올라와
한강 한복판에 횟집을 차리고 그 후배들은
여전히 사시미칼 차고 밤마다 나와바리 전쟁

다꾸앙과 짜짱은 원래부터 궁합이 잘 맞았어

너도 먹고 물러나고 나도 먹고 물러나고
어느새 어차피 마침내 드디어 우린 한통속

시

밤나무에도 있고
앵두나무에도 있고
막걸릿잔 속에도 있고
양주병 속에도 있고
굶어 죽은 옆집 개의 수염에도 있고
아사한 우 씨의 마지막 산책
걸음 사이 사이에도 있고

최인훈과 노회찬

둘 다 유명했으며
같은 날 죽었다

한 사람은 한국분단사의 문학적 난민
또 한 사람은 한국진보정당사의 정치적 난민으로
살다 죽었다

둘 다 이름값을 했으나
회한도 있다
(2018/7/23)

광복절과 말복

광복의 기쁨을 말로 다 표현할 수가 없어
동네 사람들 개를 잡는다

광복의 기쁨을 조선말로 다 표현할 수가 없어
동네 사람들 개 잡아먹고

건국절
다케시마 강제종군위안부
개소리 다 듣기 싫어

하루 종일 짖는다

별거 아니다

좌와 우
거 별거 아냐

죽자사자
자기만 아는 게
우파고

때때로
옆 사람 생각도 할 줄 아는 게
좌파야

시집과 말복

동네 사람들 개 잡아 말복 잔치하는 날
공교롭게 다섯 번째 시집이 나오고
마을회관에 가서 시집을 돌린다
결과적으로 난 세계 최초로 개 잡아
출판기념회를 한 시인이 됐다
솥에서 개가 삶아지는 동안
촌노들 열심히 시집을 읽는다
허 늘 보던 건데 이렇게 써놓으니 책이 되네
이건 누구 얘긴데
한마디씩 거들다가
개고기 수육에 개장국 나오자
아무 말 없이 다 잊고 코 박고 먹다가
무슨 일 있었냐는 듯 각자 집으로 간다
동네 개들 일제히 조용하다

초승달

) 옛날 나무꾼이
처녀자리 근처
하늘에 던져둔
낚싯바늘 ⊃

출판거절 1*

ooo 선생님, 안녕하십니까.
○비 문학출판부입니다.

○비를 아껴주시고 귀한 원고를 보내주신 데 대해 감사드립니다. 답변 많이 기다리셨을 텐데 회신이 늦어진 점에 대해 먼저 양해를 구합니다. 투고되는 원고가 많기도 했지만 잘 살펴 검토하는 데 시간이 걸렸음을 이해해 주시기 바랍니다.

선생님께서 보내주신 원고「국경」외 5편을 저희 문학출판부에서 검토하였습니다. 저희가 선생님의 원고에 관해 말씀드리는 것이 외람된 일이라 조심스럽습니다. 무척 공들여 쓰신 원고임을 알 수 있었지만, 저희의 출간 방향과는 다소 거리가 있어 본사에서 출간하기는 어려울 듯합니다.

저희와는 인연이 없지만 다른 출판사에서 좋은 책으로 묶여 나오리라 기대합니다. 선생님의 소중한 원고를 출간하지 못하는 것을 유감으로 생각하며, 귀한 원고를 외람된 짧은 서신으로 돌려드리게 되어 대단히 송구합니다.

선생님의 건강과 건필을 기원합니다. 안녕히 계십시오.

2018년 2월
○비 문학출판부 드림

* 왠지 이런 것도 역사인 것 같아서? 아니면 그냥 괜히?

출판거절 2

ㅇㅇㅇ 선생님, 안녕하십니까.
ㅇ비 문학출판부입니다.

ㅇ비를 아껴주시고 귀한 원고를 보내주신 데 감사드립니다. 선생님의 원고는 잘 읽어보았습니다. 먼저 회신이 많이 늦어진 점 죄송한 마음입니다. 투고되는 시집 원고가 평소보다 유난히 많기도 했지만 잘 살펴 검토하고 충분한 논의를 하는 동안 시간이 지체되었습니다.

저희가 선생님의 작품에 대해 말씀드리는 것은 외람된 일입니다. 저희 시선기획위원회에서 선생님의 시들을 읽고 작품들이 지닌 개성에 대해서 충분히 이야기가 되었고, 여러모로 많은 공이 들어간 원고라는 점에 모두들 동의할 수 있었습니다. 무엇보다 시상을 구체적인 시어로 표상해내는 언어의 쓰임이 돋보였고 시적 진술에 녹아 있는 시인의 관념은 매력적으로 다가왔습니다. 하지만 한편으로는 시의 기반이 되는 이 관념들이 상투적으로 느껴질 때가 많아서 시라는 장르를 통해 경험해야 할 미학적 새로움을 느끼기에는 다소 어려운 점이 있었습니다.

　선생님. 토론 끝에 원고를 돌려드리게 되었습니다. 저희와는 인연이 없지만 다른 출판사에서 좋은 책으로 묶여나오리라 기대합니다. 선생님의 소중한 원고를 출간하지 못하는 것을 유감으로 생각하면서, 너무 늦게 외람된 평과 짧은 서신을 보내게 된 점을 양해해주시기 바랍니다. 선생님의 건강과 건필을 기원합니다. 안녕히 계십시오.

　2018년 3월

　○비 문학출판부, 시선기획위원회 드림

출판거절 3

ooo 선생님께,
안녕하십니까?
문학○지성사입니다.

먼저 선생님의 귀한 원고를 저희 문학과지성사에 보내
주시고,
검토 기간 동안 기다려주셔서 감사드립니다.

보내주신 원고는 편집회의에서 논의했지만
저희가 출판하기 어렵다는 결론을 내렸습니다.
저희 출판사에서 견지하고 있는 출간 방침과 보내주신
작품이 서로 맞지 않습니다.

이런 소식을 전하게 되어서 유감스럽게 생각합니다.
저희들의 결정을 이해해주시기 바랍니다.

안녕히 계십시오.

3월 16일
문학○지성사 드림

출판거절 4

ooo 선생님, 안녕하세요. 다산○스입니다.
저희 출판사에 많은 관심을 가져주시고
원고를 투고해주신 데 감사드립니다.

보내주신 원고『겨울벚꽃, 티파니』*를 검토해보았으나
아쉽게도 저희 출판사에서는 출판하기 어려울 듯합니다.
좋은 소식 드리지 못해 대단히 죄송합니다.

다음에 더 좋은 기회로 찾아뵙길 기대하겠습니다.
투고해주셔서 감사합니다.

-다산○스 드림-

* 이 원고는 내가 보낸 원고도 아닌데 왜 나한테 굳이 거절까지?

출판거절 5

선생님, 안녕하세요. 문학○네 편집부입니다.

먼저 오랫동안 기다리게 해드린 점 진심으로 죄송합니다.

애타는 마음으로 결과를 기다리셨다는 점, 너무도 잘 알고 있기에 더욱 송구스럽습니다.

저희 문학○네에 소중한 원고를 보내주셔서 진심으로 감사드립니다.

보내주신 원고, 〈아무도 원하지 않는 자들의 소설〉을 꼼꼼히 검토해보았습니다만

출간이 어려울 것 같다는 말씀을 전해드려야 할 것 같습니다.

다음 기회에 더 좋은 인연을 맺기를 희망합니다.

건강하시고 건필하십시오.

문학○네 편집부 드림

가을밤 음악회

귀뚜라미는 퍼스트

소쩍새는 쎄컨

부엉이는 베이스

청개구리는 드럼

스르라미는 전자오르간

개 닭 소
대추 밤 호박은 청중

반달은 조명

나는 지나가는 취객

아 참, 저 멀리 소는 보컬

평양 간다

우리 할아버지 이진식
일제강점기 천도교 평양교구장
멍석에 둘둘 말아 마당에 내던지고 일본놈들
남산만 한 밤밭 떼주고 친일파로 만들어
해방된 조국에서 독립유공자는커녕
친일파로 몰린 할아버지
통일되면
비아그라 두 개 먹고라도
난 평양 갈 거다
막걸리 두 병 마시고 외치는
우리 마을 새마을지도자
어제까지만 해도 골수 우익이더니
오늘은 또 무슨 생각에선지
문재인 대통령과 김정은이 백두산 천지에서
사진 찍은 거에 필받은 건지
남북은 하나다
막걸리병 뒤흔들고 있는
우리 마을 새마을지도자, 이 동지!
술꾼은 하나다

병아리 음주

술 한 모금 입에 물고
하늘 한 번 쳐다보고

술 한 모금 입에 물고
구름 한 번 쳐다보고

술 한 모금 입에 물고
야당 여당 개욕

술 한 모금 입에 물고
트럼프 김정은 쌍욕

술 한 모금 입에 물고
하————————————

술 한 모금 입에 물고
허————————————

서리

새마을 운동은 박정희의 공적이라고
새마을 운동으로 농촌이 잘살게 된 거라고 떠드는
우리 마을 새마을지도자 말이 듣기 싫어
언제는 산업화가 박정희 공이라고 하면서
새마을 운동으로 농촌이 잘살게 됐다는 건 또 무슨 말
이냐고
말도 안 되는 소리 하지 말라고 해도
말기를 못 알아듣고
그러면 산업화는 뭐냐고
산업화가 근대화고 도시화인데
그건 농촌을 죽이고 도시를 살리자는 거였는데
말이 되냐고 해도 그 말이 뭔 말인지 못 알아듣고
새마을 운동이란 게 산업화 정책으로 망가뜨린 농촌
그저 모른 척 할 수 없어 뺑기칠 한 거라고
말이 좋아 새마을이지 헌 마을 만든 거라고
저곡가 정책으로 피폐해진 농촌에서
새마을 운동이랍시고 한 일이 석면 덩어리 슬레이트
지붕으로
전국의 농촌을 뒤덮고 개천이나 길을

온통 시멘트로 발라 버린 거뿐이라고
그렇게 말을 해도
귓구멍에 시멘트를 부어버린 건지
말뚝을 박아버린 건지
주야장천 새마을 찬양이던 우리 마을 새마을지도자
술 취한 끝에 머루나 따라가자고 해서 따라갔더니
자기 집 머루나 따는 줄 알았더니 남의 집 머루 서리를
하며
걱정하지 말라고 새마을 지도자인 자기가 책임을 진다고
새마을지도자가 그래서 좋은 거라고 걱정하지 말라고
다음엔 닭서리 좀 하자고
걱정하지 말라고 새마을지도자인 자기가 책임을 진다고
그때야 비로소 아아 그런 거구나
그래서 새마을이 좋은 거구나 깨닫게 되는
새마을지도자 동네의 한심한 주민
이게 다 박정희 공 맞네 맞아

내비게이션 2018/19

　내비게이션이 없던 시절은 얼마나 속 편했던가 눈 앞에 펼쳐진 길을 따라가고 또한 갈 수밖에 없던 시대 목소리 큰 놈이 곧잘 좌표가 됐던 세계는 얼마나 가슴 뛰었던가 못 되면 모든 게 남 탓이고 잘 되면 내 덕이었던 시절 우리는 지금 내비게이션이 가라는 데로 가면서도 얼마나 좆같이 투덜대는가 이 길이 맞아 이 길이 더 빠른 길이야 이 길은 왜 내비에 안 나오는데 왜 이리 막혀 나중엔 뭘 먹고 살려고 그새 또 길을 새로 냈어 이 길도 내일이면 또 낡은 길이 되리니 세계는 광대하다지만 어차피 내비 속 세상을 벗어나지 못하고 선험적 좌표가 있던 시대가 행복한 것이 아니라 그걸 가야만 하는 좌표라고 착각한 시대가 행복한 시대였겠지만 업그레이드해도 세상은 달라지지 않아 취한 운전자는 어차피 내비 말을 듣지 않지 취한 자만이 방황하니까 고독한 운전자는 언제나 자기 머릿속의 길을 갈 뿐 내비 없던 시절 모든 길은 우연의 우연이었어 항해는 계속되고 방황도 계속되리니 갈 데까지 가야 하리니 내비 없던 시절에도 별들은 흐르고 구만리 기러기 울어 옛스니

멧돼지

글쓰기 야간수업을 마치고
양주 넘어 파주로 가는 길
해유령 아래에서 멧돼지를 만났다
갑자기 브레이크를 밟자
내 가슴은 철렁
머리카락은 쭈뼛인데
녀석은 웬 덩쿨 하나 입에 물고
유유히 길 건너 사라지는데
순간 자동차 불빛에 노출된 돌돌 말린 **돼지 꼬리**〰
내가 학생 글에 빨갛게 그려대다 온 그 돼지 꼬리처럼
돌돌 말린 꼬리를 엉덩이에 달고서
내 엉덩이는 못 본 걸로 하라는 듯
어둠 속으로 사라지고

새마을지도자의 기도

내일 우리 마을 청년회
묻지마 관광을 가오니
제 파트너는 제발
술 잘 먹는 예쁜 여자로
점지해주시길
바라옵고 바라옵니다
아멘

어정쩡

이 학교 저 학교
여기저기 다니다 보면
시간도 뭣도 전부 다
내 마음대로 안 되고
모든 게 어정쩡해서
아무 가게나 들어가 쓸데없이
이것저것 사고
아무 카페나 들어가
아무거나 마시고
아무 식당이나 들어가
아무거나 먹으며 시간을 죽이고
사는 게 다 어정쩡하다 보니
이놈 저놈 이년 저년
똥 누고 밑 안 닦은 듯이
모두 다 어정쩡하고
아주 빼도 박도 못하고
아 글쎄 세월이 사는 게
다 어정쩡해서
어정쩡해서

의좋은 형제

　옛날 옛적에 충남 예산군 대흥면 어느 산골 마을에 이순 이성만 형제가 살고 있었습니다 사이 좋은 형과 아우는 부지런히 농사를 지었습니다 가을에 보니 낟가리 높이도 똑같았습니다 아우는 형님네가 식구도 많으니 내 것을 좀 가져다주면 안 되나 하고 밤새 형네 낟가리에 날라다 쌓고 형님은 또 동생이 장가를 든 지 얼마 안 되니 돈 들어가는 데가 많을 거야 내가 좀 보태주면 안 되나 하고 또 밤새 자기 걸 날라서 동생 볏단에 쌓다가 논바닥에서 서로 마주쳤다는 흐뭇한 얘기가 오래도록 전해옵니다 한편 그리 멀지 않은 옛날에 일본에서 태어나 포항에서 자란 오다 요시다카小全好孝와 오사카와 형제가 살았습니다 가난한 집안에서 태어난 형제는 악착같이 돈을 벌었습니다 시장도 되고 국회의원도 되고 대통령도 됐지만 도무지 성에 차지 않았습니다 땅도 파고 강바닥도 파먹어 어지간히 배가 부를 만도 하건만 이들은 도저히 멈출 수가 없었습니다 어린 시절 그렇게 배가 고팠는데 형님 배가 좀 더 부르면 어때, 라고 생각한 동생은 자기 회사를 형의 명의로 해주었습니다 또 형님은 고생하며 자란 동생이 좀 더 처먹으면 안 되나 싶어 자기 명의로 된

회사를 공공연히 동생 거라고 동네방네 소문까지 내고
다니다가 결국 법정에서 만났다는 신기한 얘기가 서초동
법원 근처에 아직도 전해져 내려오고 있습니다

사립공화국

사립어린이집 사립유치원 사립초중고 사립대학 사설 학원 사설 종교단체 사설 언론 사설 뭐뭐 자영업은 또 뭐고 저 지겨운 사립 사설 타령 어쩌면 대한민국 자체가 거대한 사립인지도 몰라 공화국이 아니라 박 씨 왕 씨 이 씨가 세운 저들 나라처럼 이 나라는 여전히 누군가의 사설 국가인지도 모르지 MB나 근혜처럼 대통령이란 자들이 국가를 사익추구 모델로 하는 것을 보면 분명 이 나라가 여전히 거대한 사립이거나 사립 카르텔인지도 몰라 사립과 사유는 불가분의 관계라 사유재산을 보호하는 것이 신성불가침한 이 나라의 문법이니 함부로 뭐랄 수도 없고 경찰이나 검찰 법원 군대 공기업도 누구 맘대로 하는 걸 보면 이건 분명 공립 혹은 국립의 탈을 쓴 사립일시 분명한데 공익 공유 공립이 사익 사유 사설 사립과 이웃 간이니 딱히 사립만 문제라고 할 수도 없고 대선 때마다 왕조가 바뀌는 기막힌 혁명의 시대를 살고 있는 사립 국민의 도덕적 처세란 모름지기 각자도생일 뿐임을 각자 알 일이로세 라고 쓰고 나면 기분이 또 엿 같다

다람쥐 감사장

밤나무 잎에 솔잎으로 꾹꾹 눌러 써서 보낸 다람쥐의
감사장

올해는 당신들이 도토리 밤을 주워가지 않아서 고맙습
니다
갑자기 도토리 밤이 남아돌아 가길래
난 또 지난해 내가 숨겨놓은 건 줄 알았죠

국제시골2

댁의 며느리는 어디여

첫째는 필리핀
둘째는 베트남이여

그쪽은 어뗘

우린 다 방글라데시여

거긴 또 어디랴

동남안가 다 거기가 거기랴

손주들이 이쁘갔구먼
원래 튀기가 이쁘잖여

그래도 토종만 할라구

그 집 막내는 어떻게 된겨

잉– 그냥 다시 쏠로여

며느리가 아주 나간겨
그래서 중국 여잔 안 돼야
차라리 연변이나 몽골이 낫다는구먼

분단시대의 장난감
― 한강하구 남북공동 해로조사에 즈음하여

갯벌에서 주운 인형
우물가에서 씻기다
힘센 친구에게 찍소리 못하고 **뺏겼다**

그거 이쁜데
이리 내놔
이런 건 내 꺼야

그 친구 인형 목 비틀다
먼저 죽었다

인형 폭탄
대신 죽은 너
분단조국의 미래
탐욕적 자본주의의 미래

말

지난 시절
방구석에 묻어둔 말
이불 속에 묻어둔 말
항아리 속에 묻어둔 말
다 꺼내면
핵보다도 무서워
주위 사람 모두
살아남지 못하리라
핵 좆——————————

배우는 무엇으로 말하나

― 영화배우 신성일(1937–2018)

사람은 가도
필름은 남고

로맨스 빠빠(1960)
맨발의 청춘(1964)
출몽(1965)
흑맥(1965)
만추(1966)
군번 없는 용사(1966)
까치소리(1967)
안개(1967)
휴일(1966)
결혼교실(1970)
별들의 고향(1974)
왕십리(1976)
겨울여자(1977)
길소뜸(1985)
레테의 연가(1987)
위기의 여자(1987)

야관문:욕망의 꽃(2013)
기타 등등 총 524편

주말연속극 찍듯이 영화를 찍었지
거쳐 간 감독이나 여배우도 많았을 테고

제아무리
여자가 많아도
끝내 부인은 하나
전국민이 다 아는 그 여자
엄 앵 란

세월은 가도
인물은 남고
부인도 남고

박근혜 정부 경찰청/기무사 보고 문건

2014년 9월 1일 경찰청이 작성한 '역술인들의 향후 국정 전망 보고'를 입수해 이재수 당시 기무사령관에게 보고했다. 경찰청의 '국정 전망 보고' 문건에는 "2014년 갑오년은 '청마의 해'로 큰 나무에 불이 붙은 격이어서 국운이 매우 좋거나 나쁠 수 있는 극단적 운세"라는 '평가'가 담겨 있었다. 특히 "음력 3월에는 백호살(불의의 재난)까지 들어 물과 불로 인한 사고가 잦았다" "대지의 기운을 타고난 브이아이피(VIP)의 좋은 사주로 피해를 줄일 수 있었으며, 10월 이후에 국운이 나아질 것으로 전망한다"고 쓰여 있었다. 앞서 4월 16일 발생한 세월호 참사를 국운에 '백호살'이 들었던 탓으로 돌린 것이다. 이 문건에는 역술인들의 정치 · 경제 · 사회 분야 관련 훈수도 담겨 있다. 정치 쪽은 "차츰 안정 국면에 진입하고 외교 · 안보는 북한 내 불안이 지속되는 가운데 대남 도발이 우려된다"고 하는가 하면, "경제 분야는 점진적 상승세를 보이게 되며, 사회 분야는 추가 대형사고 가능성이 있는 만큼 철저한 대비를 촉구한다"고 적었다. 박근혜 전 대통령에 대해선 "브이아이피께서 작년부터 삼재에 드신 만큼, 위해 · 건강(간 · 신경계) 및 측근 비리

등에 더욱 유의하실 것도 당부"한다며 "가을을 기점으로 더는 악재는 없으나, 브이아이피 건강 악화를 우려"한다고 적었다. 경찰청은 박 전 대통령의 당선과 세월호 참사 등을 '예견'했다는 유명 역술인들의 의견을 정리해 청와대에 보고한 것으로 전해진다. 경찰은 이처럼 청와대에 '아부성' 정보를 올리고, 방첩기관인 기무사는 이를 '참고 정보'로서 사령관에게까지 공유한 것이다. 장영달 전 기무사개혁위원회 위원장은 〈한겨레〉와 한 통화에서 "청와대에 잘 보여야 진급을 한다는 잘못된 인식이 있어 정보기관들이 충성 경쟁을 벌인 것"이라고 짚었다. 서영지 기자 yj@hani.co.kr

민비와 진령군
박근혜와 경찰청/기무사
최순실만이 문제가 아니었어
이런 젠장

자기, 집에 가지 마

"여성에게 가장 위험한 장소는 그들의 집이다." 유엔 마약범죄사무소(UNODC)가 25일(현지 시간) '여성폭력 근절을 위한 유엔 국제기념일'을 맞아 펴낸 '2018 여성의 젠더 기반 살해에 관한 보고서'의 결론이다. 지난해 전 세계에서 살해당한 여성 8만7,000명 중 58%인 5만 명 가량이 가정폭력·데이트폭력의 희생자인 것으로 나타났다. 2012년 4만8,000명(47%)보다 11%포인트 늘었다. 이 중 3만 명은 연인이나 배우자에 의해, 2만 명은 가족 구성원에게 목숨을 잃었다. 하루 평균 137명, 한 시간에 6명꼴이다. 전체 살인 사건 피해자를 성별로 구분하면 남성 피해자가 80%로 여성(20%)보다 4배 많았다. 그러나 연인이나 배우자, 가족 구성원에게 살해당한 사건으로 범위를 좁히면 여성이 64%, 남성이 36%로 성비가 역전된다. 가해자가 연인이나 배우자인 경우 여성 피해자 비율은 82%까지 올라갔다. 연인이나 배우자, 가족에게 살해된 여성이 가장 많은 대륙은 아시아(2만 명)였다. 이어 아프리카(1만9,000명), 아메리카(8,000명), 유럽(3,000명), 오세아니아(300명) 순이었다. 인구 10만 명당 피해자 비율은 아프리카(3.1명)와 아메리카(1.6명)가

아시아(0.9명)보다 높았다. 유럽이 0.7명으로 가장 낮았다. 연인이나 배우자에 의한 살인의 경우, 버림받는 것에 대한 두려움이나 질투가 가해자들의 주된 범행 동기였다고 보고서는 설명했다. — 심윤지 기자 sharpsim@kyunghyang.com

그러니까 자기 오늘 집에 가지 마. 나보다 당신 남편이나 아들이 더 위험하다니까. 통계가 말해주고 있잖아. 정신 똑바로 차리고 살아. 난 그것들에 비하면 덜 유해한 남자야!

강사 선언

대한민국의 대학가엔 수많은 유령들이 배회하고 있다
수업과 동시에 나타나 수업이 끝나자마자 사라지는
개강과 동시에 나타나 종강과 함께 귀신처럼 어딘가로
아주 사라지는
밥은 어디서 어떻게 뭘 먹고 또 뭘 입고 사는지
책은 어디서 보고 글은 또 어디서 쓰는지
그들이 타고 다니는 차는 휘발유로 가는지 물로 가는지
누굴 만나고 다니는지
그들이 지니고 다니는 보따리 속엔 뭐가 들어 있는지
도대체 알 수 없는 유령들이 대학가를 배회하고 있다
지금까지 존재한 모든 대학의 역사는 강사들의 피눈물
의 역사였다
강사에겐 학교가 없다 동료도 없다 학생도 없다
현존하는 모든 대학의 강사법에 저항하라
재단과 정규직 교수들이 자신의 견해와 의도를 숨기는
것을 경멸한다
재단 이사들로 하여금 새 강사법 앞에 전율케 하라
시간강사들이 잃을 것이라고는 쪽팔림과 낡은 보따리
뿐이요

86

그들이 얻을 것은 인간 그 자체다
전국의 시간강사들이여, 단결하라!
아니, 자폭하라 자폭하라!!

한국 민주주의의 계보

이승만 — 민주주의의 증조할아버지

박정희 — 민주주의의 할아버지

전두환 — 민주주의의 아버지/고로 이순자 —민주주의의 어머니

　　　　　/전두환 아버지 — 민주주의의 시아버지

　　　　　/전두환 어머니 — 민주주의의 시어머니

노태우 — 민주주의의 작은 아버지

김영삼 — 민주주의의 고모부

김대중 — 민주주의의 이모부

노무현 — 민주주의의 삼촌

이명박 — 민주주의의 큰형

박근혜 — 민주주의의 큰언니

새해 인사

무술년 가고
기해년 왔다고

새해가 됐다고
아침 일찍부터 떠돌이 수캐란 놈이 와서
우리 집 암캐 올라타기냐

새해가 됐다고
그 개새끼 흘레붙는 비명 소리로
그렇게 잠을 깨우기냐

다시 새해가 됐다고
나보고 뭘 어쩌라고

낙수경제론

부자가 먹다 버리거나
남아서 어쩔 수 없는 거나
받아먹으라는 **거지**경제학**과**
다른 게 뭔지
왜 니 맘대로 시혜주도는 되고
소득주도는 안 되는 건지
니가 돈 많은 건 되고
내가 돈 좀 버는 건 안 되는 건지
던져주는 건 되고
나눠 갖는 건 안 되는 건지
꼭 사람을 개 돼지 취급해야
니 맘이 편한 건지

니체와 나

신은 죽었다

시......이.... ㄴ...은... 죽...었...다

시....l....ㄴ...은...죽...었...다

시...느..은.... 죽..었.다

시는 죽었다

남북수로조사

경인년 전쟁 끝나고 닫힌

한강 임진강 예성강 하구

잠실 마포 양화진 갑곶

벽란도 연안 찍고

교동 호두포 낙머루

그 뱃길 알던 사람 다 죽고

굴 따러 다니던 엄마들 다 늙어 꼬뿌라지고

수심도 제각각

인심도 제각각

밀물 썰물

사리 조금

저들만 애써 용두질

오늘도 난 개성 없는

개성만두집만 기웃거리고

대한민국 교육 목표

전국민의 대졸화

그리고 이어서

전 대졸자의 백수화

미투, 그 이후

오늘도 난

할 말도 물론

눈 둘 곳도

손 둘 바도

모르겠어요

할매시

삶이 어려우면
말이 쉬워지고

삶이 쉬우면
말이 어려워진다

세상의 모든 뚜껑

아마 구십 평생
내 어머니란 작자는
밥뚜껑 솥뚜껑 병뚜껑
반찬 뚜껑은 더더군다나
세상의 모든 뚜껑을
제 짝 찾아 덮은 적 없다
그러면서도 어찌 한 남자랑
평생을 살 수 있었던 건지
원래부터 제 것이 어디 있냐는 듯
천연스럽게 이 뚜껑 저 뚜껑 뒤섞어
나중엔 모두 짝짝이가 되는 마술을
평생 부엌에서 보여줬다
그때마다 내 뚜껑도 열렸다

시 창작 교실
— 어느 수강생의 변

근데, 그놈 얘기는
두 시간이나 듣고 오면
뭘 듣고 온 건지
내용이 없어.

왜 그러지,
다른 시인들 욕만 잔뜩 하다가 두 시간 끝나
참 어처구니없어.

그것도 아침 9시 반에 시작해서
그 힘든 시간 서둘러서
깨지도 않는 애 데려다 놓고 가면,

어이, 시인
시 창작 시간은 다 그런 거니
남의 시 한번 읽어주고
끝날 때까지 어째, 까다 끝나.

시인 對 시인

시인이 시인을 만난다는 거

괴물이 또 다른 괴물을 만난다는 거

플라스틱 고고학

삼사천 년 전
거북이의 뱃껍질에선
갑골문이 발견되고

지금의 거북이 뱃속에선
한글 영어 일본어 중국어도
발견된다

다큐 2019, 파주

역사상 문재인 개새끼 같은 독재자는 없었어
지들끼리 제멋대로 다 해 처먹고
민생경제는 다 파탄 내놓고
박근혜 대통령은 무슨 죄가 있어서 감옥에 가둬놓은
거야
전라도 퍼주기나 하는 놈
5·18 그거 다 사기야
놀라가다 죽은 놈들
세월호고 뭐고 그만 좀 우려먹으라 그래
전라도 놈들은 다 믿을 게 못 되지
반드시 뒤통수치게 돼 있어
니가 감히 박정희를 욕해
당신도 전교조야
전교조 놈들 때문에 학원비 오른 거 몰라서 그래
아니 전교조가 왜—?
당신 빨갱이지
당신도 전라도 출신이야
부모가 거기 출신 아니야
아님 마누라가 거기 출신이든가

맞구만, 완전 빨갱이네 이거

— 참다 참다 듣고 있던 우리 집 진돗개*
그 사람의 장딴지를 물어버렸다
'그래 내가 빨갱이다 이 개새끼야!
내 고향이 75% 전라도 진도여! 멍멍'

(이거 개실화야, 개리얼! ××)

---

* 시견(詩犬). 이름 밤톨이. 2016년 퇴계원에서 출생. 짖기만 해도 다 시가
된다. 75% 순혈 진도견이라고는 하나 문서화된 증거는 없음. 《매일견공》
주필 및 창만리 방범대장. 저서에 『나는 날마다 짖는다』『개같은 날들의
오후』『개 팔자 사람 팔자』『개같은 개 인생』『다음 생엔 내가 주인하면 안
될까』『나는 왜 고양이와 원수가 되었나』『내 평생 고양이와 더불어』등 다
수가 있음.

이메일 meongmeong@gae.com

식사동*

왕은 도망가다

밥만 먹어도

어쩌다 씹만 해도

곳곳에 이름을 남긴다

---

* 고려 공양왕이 정사(政事)에서 쫓겨나 이곳에 와서 절을 짓고 밥을 지어
먹으면서 공양을 올렸다는 전설에서 붙여졌다. 조선시대에는 한성부 고양
군 구이면 지역이었다. 1914년에는 고양군 원당면 식사리로 불렸다. 1979
년 고양군 원당읍 식사리로 되었다가, 1992년 고양군이 시로 승격되면서
식사동으로 바뀌었다. 1996년 구제(區制)가 실시되면서 일산구 관할이 되
었다. 행정동명과 법정동명이 같으며, 자연마을로는 오룡동 · 능안골 · 언
침이 · 영심이 등이 있다.
자연마을인 언침이는 공양왕이 개성에서 도피하여 식사리에 도착했을
때, 날이 저물어 이곳에서 하룻밤을 묵었다 하여 어침(御寢)이라고 하였
다. 지금은 와전되어 언침이로 불린다. 오룡동은 동에서 가장 오래된 마
을로, 비 오는 날 우물에서 용 다섯 마리가 하늘로 올라갔다 하여 붙여진
이름이다.

자연마을인 영심이의 유래는 다음과 같다. 옛날 어떤 사냥꾼이 매 사냥을 나갔다가 자신이 갖고 간 매를 놓쳐 버렸다. 원래 매에는 방울을 달아서 찾는다고 하는데, 이 사냥꾼은 방울을 달아 놓지 않았다. 그러나 얼마 후 잃어버린 매를 다시 이곳에서 찾았다 하여 방울 '영(鈴)' 자와 찾을 '심(尋)' 자를 써서 영심(鈴尋)이라 부르게 되었다.

[네이버 지식백과] 식사동 [Siksa-dong, 食寺洞] (두산백과)

위대한 작가가 되는 법[*]

일단 유명한 작가나 비평가에게 접근해서
그놈의 인정을 받는다
그리고 적당한 시기에 그놈을 깐다

아무나 할 수 있는 건 아니지만
반정부 투쟁이나 선언도 하고
구속도 되고
필요하다면 얻어터지기도 하고
자살도 죽지 않을 정도로 다소 드라마틱하게 시도한다

수시로 술을 잔뜩 마시고
아무 데서나 자빠져 옷을 벗고
좆을 휘두른다
때때로 대놓고 자위행위도 한다

적어도 그런 소문의 주인공이 된다

양기가 다 빠질 때쯤 되면
지자제에서 지어준 작업실이나 집에 들어가 처사 연

한다
　　가끔 대통령이나 명사란 자들의 오자나 실언을
　　SNS를 통해 전국적으로 수정도 해준다

　　결정적으로 그런 대선배들의 과거 행적을
　　맥락 없이 들춰내 망신을 주고
　　피해자 코스프레를 하며, 또
　　호텔 홍보를 해줄 테니 방 좀 내달라고 공개 제의도 한다

　　무엇보다도 남들보다 오래 살아남아서
　　스스로 문학사의 주인공이 된다

* 찰스 부코스키의 「위대한 작가가 되는 법 how to be a great writer」의
　한국편.

구상論

이·중·섭 친구
곤란한 작가들의 **벗**

<pre>
난   종
  리   횡
    났   무
      진 네

        좆   초

  도   토
</pre>

종군기자단
문총구국대 선봉
종·군 從軍·작가/시인

한국 맥주 세계 맥주
— 맥주 명장 자형에게

이게 어찌 된 거야
맥주 맛이 왜 이래
맥주 명장이라며
대통령 표창까지 받고
책임져
아직 이것밖에 안 돼
이걸 가지고 퇴직 때까지
밥 벌어먹었어

미래파 시인
— 고 황병승

그렇게들
미투 미투 하더니
앞으로 연애는 어떻게 하려고
유투 너마저

그렇게들
미래 미래 하더니
모두의 미래로 한참 앞서가서
이미 과거가 되었지 뭐니

그저
그렇게

시론

시는 나의 딜도고

콘돔이다

국립현충원 유감

기회주의자들은 양자역학마저
재빨리 처세술로 만들어버리지
이것이면서 저것이고
이것도 아니고 저것도 아니고
세상 분명한 게 어디 있을까
독립군과 일본군이
일본군이자 한국군이
매국노이자 애국자이고
친일지주나 재력가지만 민족자본가이시고
범법자인 동시에 근대화의 기수고
독재시대의 부역자이자 산업역군이고
국가유공자라지만 반민족적 매판세력이고
민주주의의 아버지이자 독재의 주범이시니
역사의 적자가 얼마나 되랴
모두 다 양자의 양자인 게
양자의 진실은 아닌지

히말라야 단상

에베레스트 K2 칸첸중카 로체
마칼루 초오유 다울라기리 마나슬루
낭가 파르밧 안나푸르나
굳이 거기까지 가서
똥오줌 싸지르고
버리고 온 쓰레기들

인류의 흔적이 모두 쓰레기다

어떤 역사
— 『삼국유사』 단상

역사는 자지 크기 순이 아니잖아

지증왕 45 cm
경덕왕 24 cm

헬로, 숏-페니스!

문학사 포에버

소설가 박경리나
홍성원 선배가 죽었어도
소설은 계속 나오고

고은이 망가져도
그래 망가졌다 치고
병승이마저 죽었어도
시인들은 여전히 여기저기 출몰하고

평론가 김현이 요절하고
김윤식이 죽었어도
한국문학사는 중단되지 않으이

미투 다시 유감

누군가가 나에게
당신에게 페미니즘운동은 무엇인가요?
물으신다면,

아껴 쓰고
나눠 쓰고
바꿔 쓰고
다시 쓰고

아나바다운동이죠.

— —

여자를 물건 취급한 거 아냐? 라고 한다면요?

사람이든 물건이든 상대 혹은 대상에 대한 배려와 상호존중
그리고 소유 관념을 바꿔야 한다는 얘기 정도로 받아줘!
죽자고 덤벼들지 말고.

억압의 귀환

황교안이나 나경원
그리고 자유한국당 의원들이 지금
광장이나 국회에서 떠들어대고 있는
문재인 독재정권 타도 헌정 유린 위선 폭압
아는 말이라고 다 끌어다
아무말대잔치나 하는 걸 보면
박정희 전두환 노태우
이명박 박근혜 시절에 하고 싶었던 말
누릴 거 다 누리며
내내 몸 사리고 침묵하느라
말하지 못했던 그 말
그래서 정신병이 돼버린 그 말
무의식이 돼버린 그 말들이
지금 터져 나오는 거라고
말실수와 성조기 도착이 그대들 잘못만은 아니라고
이해하게 된다
그동안 참고 사느라 얼마나 힘들었을까
그래 당신들 아픈 건 알겠는데
치료하지 않으면 우리가 모두 영 망가지겠구나 싶어
이건 내 강박이니

주한 미군의 재발견

동맹국 여러분!
계속해서 미군을 사용하려면
돈을 더 내쇼.
           — 도널드 트럼프 **백**

미제의 용병교육
전방입소 결사반대!
결사반대! 결사반대!

내가 학교 다닐 땐
우리가 미국의 용병인 줄 알았는데

지금 보니
미군이 우리의 용병이었어?

부엉이 우는 내력

한겨울 야밤에
뒷산 부엉이 운다

"부엉 부엉새가 우는 밤
부엉 춥다고서 우는 밤
우리들은 할머니 곁에
모두 옹기종기 모여서
옛날이야기를 듣지요"

다 옛날 말이고
그 할머니들은 전부 독거노인 되고
독거 좀비가 되어
밤마다 부엉이보다 더 괴상망측한
울음을 울어대고
나는 등이 시리고

자유

어떤 소설가가 느닷없이
전화를 걸어왔다

어떤 시인이 제일 좋냐고

그런 시인이 없다고 했다

그럼 제일 좋아하는 시는 뭐냐고
다시 물었다

그런 거도 없다고 했다

그럼 뭐냐고
넌 뭐냐고 했다

그래서 말했다

나는 어떤 언어의 그물에도
걸리지 않는다
나는 이제 자유다(고)

시론

더도 말고 덜도 말고
살다 보면 몸 밖으로 툭툭
튕겨져 나오는 말들을
빗자루로 쓸어 담은 거

내 삶의 엔트로피

좋은 시

언제나 가장 좋은 밤은
가지를 흔들거나
장대로 후려쳐 딴 밤이 아니라
아람이 저절로 벌어져
떨어진 밤이었다

내가 할 일은 그저 부지런히
계절을 가꾸는 일

소소한 일상

요즘 어떻게 지내냐고 하기에
독서와 사냥으로 소일한다고 했지

무슨 사냥을 하냐고
파주에 산다더니 아프리카돼지열병 땜에
멧돼지 사냥하러 다니냐고 하더군

그래서 그냥 파리 잡는 시늉을 했어

못 알아듣더군

파리 잡고 있어

코끼리나 하마를 때려잡고
호랑이나 사자를 메다꽂아야 할 텐데

일상이 너무 소소하다 못해
넘 자잘하지
소소해서 확실한 건가

인도 기행문

인도에 갔다 와서
뭔가 깨달았다는 듯 써 갈긴
모든 글들을 나는 경멸한다

아니 사람을

석가모니도 어쩌지 못한
저 간고한 카스트와
극과 극의 빈부와 청탁을

아무것도 아닌 양

오래된 순응이 미덕이고
지혜인 양

그런 글 앞에서
고개를 끄덕이고 있는

또 그런 사람을

대게 앞에서
— 김한중 군에게

퇴계가 제자들 잘 됐다고
대게를 먹어봤겠나

율곡이 후학들 잘 가르쳤다고
대게를 먹어봤겠나

퇴계라야 고작 안동 간고등어요

비싼 황복이 그때는 흔했을지 모르나
율곡이라도 고작 임진강 메기 정도였겠지

게 좋아했다는 고려 적
이규보보다 더 큰 내 평생
대게는 남부럽지 않게 먹었으이

평생 제대로 못 받은 월급은
하나 아깝지 않으이

경주 박물관에서

선사시대
아니 한참 그 이후라도
누군가의 밥그릇
부엌칼
액세서리
쓰다 버린 동전
화살촉
바위에 새겨놓은 이름이나 낙서가
목 없는 돌부처도
역사가 되는 거라면
지금 여기 이 구질구질한 생활과
저 야비하고 비루한 권력 들도
그들이 쓰던 모든 도구도
이를테면 댓글 달던 컴퓨터 자판
코미디 대본 같은 검찰 기소장
대학 총장 봉사 표창장
자서전인지 소설인지 모호한 자기소개서
학생 종합생활기록부
4대강 삽질할 때 쓴 삽

정유라가 타던 말의 재갈 등등도
특정 사람 냄새를 지운 미래의 어느 날
후손들의 박물관에 전시될 것인가
그것들 전부 순식간에 그대로 묻어버려
천 년 이천 년 후에
한 고고학자의 삽 끝에
걸려 나오게 할 것인가
그때 함께 발굴될 말 한마디 함께
이 경주 분지에 꼭 묻어서,
　'糖喫於拏二犬子野阿!'

　지난 이십여 년간 환멸의 늪 속에서 허우적거린 느낌
이다. 어쩌면 그 모든 것이 내 욕망이 만들어낸 지옥도
였을 수도 있다. 나의 서식지라고 생각했던 생태계는 여
전히 변한 것이 없고, 정규 월급쟁이들만의 안전한 서식
처로 더욱더 굳어진 느낌일 뿐이다. 자의 반 타의 반 야
인이 된 나는 어느 날 누이가 마당에 던져놓고 간 개, 그
리고 장수의 시대를 각종 진통제와 약에 취해 계속 죽어
가고 있는 노부모와 무기력하게 뒹굴고 있는 현실을 자
각할 수밖에 없었다. 모든 혐오와 환멸은 결국 나에게로
되돌아왔다. 거짓과 망언은 여전히 여기저기 창궐하고,
오염된 언어 환경 속에서 내 말과 글은 내내 무기력했
다. 진짜 개새끼를 마주하고 개새끼를 되뇌며 화풀이하
는 나의 시간도 점점 길어졌다. 여기 모아놓은 시들은
그런 날들의 끝자락에 해당하는 시들이다. 이제 모든 미
련과 집착을 벗어던지고 기존의 서식처를 벗어날 필요
성을 느낀다. 이미 그렇게 살고 있었지만 내가 하고 싶
고, 할 수 있는 일만을 하겠다. 계속해서 시를 쓴다면 그
시는 예전의 시와는 다른 시가 되어야 함을 예감하며,
마지막으로 이 시집과 함께 과거의 그림자를 덮는다. 싫
든 좋든 모든 것이 변하고 있다. 다시 개벽이다.

황금알 시인선